W9-AEJ-590

Muffler Man
El hombre mofle

Finalist, Tomás Rivera
Mexican American
Children's Book Award

By/Por Tito Campos

Illustrations by/Ilustraciones por

Lamberto & Beto Alvarez

Spanish translation by/Traducción al español por

Evangelina Vigil-Piñón

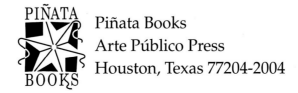

PIÑATA BOOKS

Piñata Books
Arte Público Press
Houston, Texas 77204-2004

Publication of *Muffler Man* is made possible through support from the Lila Wallace—Readers Digest Fund, the Andrew W. Mellon Foundation and the City of Houston through The Cultural Arts Council of Houston, Harris County. We are grateful for their support.

Esta edición de *El hombre mofle* ha sido subvencionada por la Fundación Lila Wallace—Readers Digest, la Fundación Andrew W. Mellon y el Concilio de Artes Culturales de Houston, Condado de Harris. Les agradecemos su apoyo.

Piñata Books are full of surprises!

Piñata Books
An Imprint of Arte Público Press
University of Houston
Houston, Texas 77204-2004

8 9 0 1 2 3 4 5 6 7   11 10 9 8 7 6 5 4 3 2 1

To my beloved mother,
your everlasting love remains with me although you do not.
—TC

To my son, Beto:
our mutual admiration and interests have made us best of friends.
—LA

Para mi querida madre,
tu amor eterno permanece conmigo aunque tú no.
—TC

Para mi hijo, Beto,
cuya admiración e intereses mutuos nos han convertido en los mejores amigos.
—LA

Ever since Chuy García could remember, he had dreamed of going to the United States. Many of Chuy's friends and relatives had left Mexico in search of a better life up north.

Last year, before making his own journey to the United States, Chuy's father had bought a broom.

"There's so much money up there, you can sweep it up off the street!" Mr. García had told him.

Young Chuy's eyes sparkled, and his imagination soared as he listened to stories of a better life awaiting them in the United States.

"And when I save up enough money, I will send for you and your mother," Mr. García had told his son. Chuy still remembered his father's words as if they had been spoken yesterday.

Desde que Chuy García recordaba, él había soñado con irse a los Estados Unidos. Muchos de sus amigos y parientes se habían ido de México en busca de una mejor vida en el norte.

El año pasado, antes de su propio viaje a los Estados Unidos, el papá de Chuy se había comprado una escoba.

—Hay tanto dinero allá, que hasta se puede barrer de las calles —le había dicho el Señor García.

Al pequeño Chuy le brillaban los ojos y su imaginación volaba mientras escuchaba los cuentos sobre la excelente vida que les esperaba en los Estados Unidos.

—Y cuando ahorre bastante dinero, mandaré por ti y por tu mamá —dijo el Señor García a su hijo. Chuy aún recordaba las palabras de su papá como si las hubiera dicho ayer.

"Son," called Mrs. García. "We need some milk. Take this money and go to the store."

"Can I buy some tamarindo candy with the change?" Chuy asked.

"Okay, but hurry back."

Chuy took his usual route to the store. He always liked to pass by his favorite places—especially the place where his father used to work.

Whenever he approached the muffler shop, Chuy always slowed down like a train approaching the train depot. His feet always came to a halt when he saw the muffler man waving. The muffler man was a sculpture made with parts taken from worn-out mufflers. He wished glad tidings to all those who passed by the shop.

That afternoon, Chuy noticed a sign hanging on one of the muffler man's arms. When the wind untwisted the rope, Chuy read the words HELP WANTED.

—M'ijo —llamó la Señora García —necesitamos leche. Toma este dinero y vé a la tienda

—¿Puedo comprar dulce de tamarindo con el cambio? —preguntó Chuy.

—Está bien, pero apúrate.

Chuy siguió la ruta de costumbre a la tienda. Siempre le gustaba pasar por sus lugares favoritos—especialmente por el lugar donde trabajó su papá.

Cuando se acercaba al taller de mofles, Chuy siempre caminaba más despacio, como una locomotora que detiene su velocidad al llegar a la estación de trenes. Sus pies siempre se detenían cuando veía al hombre mofle que saludaba. El hombre mofle era una escultura hecha de partes de mofles inservibles. Les daba alegres saludos a todos los que pasaban por el taller.

Esa tarde Chuy vio que había un letrero colgado de un brazo del hombre mofle. Cuando el viento desenredó la cuerda que lo sujetaba, Chuy leyó las palabras SE NECESITA AYUDA.

Chuy rushed inside and saw black workboots sticking out from beneath a taxicab.

"Don César!" Chuy shouted. The owner of the shop, Don César, was a kind man with a thick, black moustache.

Two short legs attached to the black boots, and then a round body attached to the short legs slid out from underneath the yellow car.

Chuy held up the HELP WANTED sign that the muffler man had displayed just a few seconds earlier.

"Can I work here, please?"

Chuy entró al taller a toda prisa y vio una botas negras que se asomaban por debajo de un taxi.

—¡Don César! —exclamó Chuy. Don César, el dueño del taller, era un hombre amable de un grueso bigote negro.

Dos piernas cortas sujetas a las botas negras y luego un torso redondo sujeto a las piernas cortas se deslizaron debajo del carro amarillo.

Chuy le enseñó a Don César el anuncio de trabajo que el hombre mofle exhibía hace sólo unos cuantos segundos.

—¿Puedo trabajar aquí, por favor?

"Chuy! It's good to see you. But how old are you, son?" asked Don César.

"I'm old enough to work in a muffler shop! What will I be doing?"

"Now listen, Chuy. Your father left the shop last year. So he'll be sending for you and your mother real soon, and I need someone who will want steady work."

"Yes, sir, but my dad hasn't been able to find a good job yet."

"Well, I'm only looking for someone who can keep the shop clean. It's tough work, son. Besides, you belong in school."

"Summer vacation starts in two weeks," Chuy announced with excitement. "Until then, I can work after school and on the weekends!"

Don César's frown turned into a smile. "You Garcías just don't take no for an answer. I'll tell you what, Chuy: Talk it over with your mom. If she'll let you work here, then it's fine with me, too."

—¡Chuy! Qué gusto verte. Pero, ¿cuántos años tienes, hijo? —preguntó Don César.

—¡Tengo suficientes años para trabajar en un taller de mofles! ¿Qué es lo que tengo que hacer?

—Bueno, escucha, Chuy. Tu padre dejó el taller el año pasado. Así es que el mandará por ti y por tu mamá muy pronto, y necesito a alguien que quiera un trabajo fijo.

—Sí, señor, pero mi papá todavía no ha podido conseguir un buen trabajo.

—Pues, yo sólo busco a alguien que pueda mantener el taller limpio. Es un trabajo pesado, hijo. Además, tú debes asistir a la escuela.

—Las vacaciones de verano comienzan en dos semanas —anunció Chuy entusiasmado. —¡Hasta entonces puedo trabajar después de la escuela y los fines de semana!

El ceño fruncido de Don César se convirtió en una sonrisa. —Ustedes, los Garcías, nunca aceptan un no como respuesta. Vamos a ver, Chuy. Habla con tu mamá. Si ella te da permiso para trabajar aquí, entonces está bien conmigo.

Chuy rushed back home. He ran up all forty-eight steps that led to his apartment and flung open the door.

"Just in time," his mother said. "Dinner's ready. But where's the milk?"

"Well, you see, I was going to the store, but before I could get there, I—I came across a great opportunity, Mom."

"And what would that be?"

"Don César offered me a job! Isn't that wonderful?"

"You're too young to work. And besides, you belong in school."

"But summer vacation starts in two weeks! Oh, Mom, please! I want to save enough money so that we can buy bus tickets to go and live with Dad!"

His mother's arms dropped to her side. "Come here, son," she said, and wrapped her arms around Chuy. "I miss your father, too. Don César is a good man. I'm sure he wouldn't have offered you a job unless he was sure you could handle it. You're just like your daddy—you don't take no for an answer."

Chuy corrió a su casa a toda prisa. Corriendo subió los cuarenta y ocho escalones a su apartamento y abrió la puerta de un golpe.

—Justo a tiempo —dijo su mamá. —Ya está la cena. Pero ¿dónde está la leche?

—Es que, cuando iba a la tienda, antes de llegar, me . . . me encontré con una gran oportunidad, Mamá.

—¿Y qué podría ser esa oportunidad?

—¡Don César me ofreció un trabajo! ¿Qué maravilla, verdad?

—Estás muy chico para trabajar. Además, debes asistir a la escuela.

—¡Pero las vacaciones de verano empiezan en dos semanas! ¡Ay, Mamá, por favor! ¡Quiero ahorrar suficiente dinero para poder comprar pasajes de autobús para irnos a vivir con Papá!

Su mamá dejó caer los brazos. —Ven acá, m'ijo —le dijo y lo envolvió en sus brazos. —Yo también extraño a Papá. Don César es un buen hombre. Estoy segura que no te habría ofrecido un trabajo si no estuviera seguro que puedes hacerlo. Eres igualito a tu papá, nunca aceptas un no como respuesta.

The next afternoon, Chuy went back to the muffler shop. He was amazed by how cars came in sounding as if they had firecrackers in their tailpipes but left purring like kittens.

As Chuy swept the floor, Don César called out to him, "Save any nuts and bolts you find. I'm thinking about making a friend for the muffler man."

Chuy's ear perked up. "Can you teach me how?"

"Well, it has to come from your imagination. And it's hard work, too. It took your father a good while to make that one."

A la siguiente tarde, Chuy volvió al taller de mofles. Le asombraba que los carros llegaran con los mofles sonando como cohetes y salían ronroneando como gatitos.

Mientras Chuy barría el piso, Don César le dijo —Junta todas las tuercas y tornillos que te encuentres. Estoy pensando hacerle un amigo al hombre mofle.

Chuy puso atención —¿Me puede enseñar cómo hacerlo?

—Pues, es algo que tiene que venir de tu imaginación. Es un trabajo pesado también. A tu papá le tomó un buen tiempo hacer ése.

Chuy felt a lump in his throat when Don César pointed to the friendly sculpture that he had known for as far back as he could remember. "You mean my dad built that?"

"Yes, he made it when you were born. Didn't he ever tell you?"

"No," said Chuy, and tears rolled down his face. He wondered why his father had never told him.

The two of them walked over to the muffler man. As Chuy took a closer look, he could almost see his father's hands holding the bits and pieces of iron as he decided where to weld each part.

Don César thought for a moment. "When you were born, your father told me that he wanted to give you the whole world. I guess he never told you about making the muffler man because he thought you might not like this old thing."

"It's not an old thing—it's a work of art," said Chuy.

Chuy sintió un nudo en la garganta cuando Don Cesár apuntó hacia la amistosa escultura que había guardado en su memoria desde sus primeros recuerdos. —¿Quiere decir que mi papá lo construyó?

—Sí, lo hizo cuando tú naciste. ¿Nunca te lo dijo?

—No —dijo Chuy y las lágrimas corrieron por su cara. Se preguntaba por qué su papá nunca se lo había dicho.

Ambos caminaron hacia el hombre mofle. Mientras Chuy lo estudiaba más detenidamente, casi podía ver las manos de su papá sujetando los trocitos y pedazos de fierro mientras decidía dónde soldarlos.

Don César pensó por un momento. Cuando tú naciste, tu papá me dijo que quería darte el mundo entero. Quizás nunca te contó que él hizo ese hombre mofle porque pensó que tal vez no te iba a gustar esta cosa vieja.

—No es una cosa vieja, es una obra de arte —dijo Chuy.

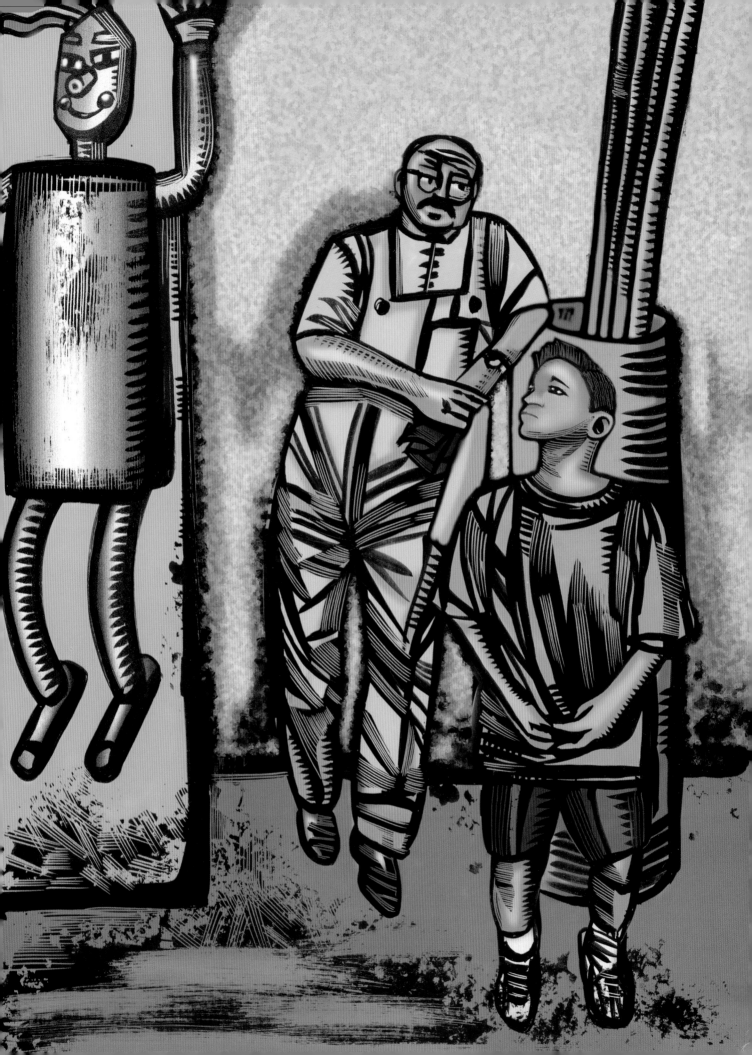

All that summer, Chuy was never late to work. He felt proud whenever people passed by the shop and pointed with delight at the muffler man. Somehow part of his father's cheerful spirit had been captured in the muffler man.

The summer was almost over when one day Don César called Chuy into his office. He placed an envelope into Chuy's hands. When Chuy opened it, his eyes grew wide.

"You don't owe me this much money," he said.

"I know," said Don César. "I want you to take your mother to the United States. My dream was to go one day myself, but now I am too old."

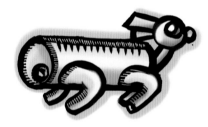

Durante todo ese verano, Chuy nunca llegó tarde a su trabajo. Se sentía orgulloso cada vez que la gente pasaba por el taller y apuntaba con alegría hacia el hombre mofle. Era como si parte del espíritu alegre de su papá había sido capturado en el hombre mofle.

El verano estaba por terminar cuando un día Don César llamó a Chuy a su oficina. Don César le puso un sobre en las manos. Cuando Chuy lo abrió, sus ojos se abrieron.

—No me debe todo este dinero —dijo.

—Lo sé —respondió Don César. —Quiero que lleves a tu mamá a los Estados Unidos. Mi sueño era irme yo mismo algún día, pero ahora ya estoy muy viejo.

Within a few days, Chuy and his mother found themselves in a new city. It had taken the bus a long time to get there from the Garcías' old home in Mexico.

When the bus door opened, there stood Chuy's father. Chuy jumped into his strong arms. He closed his eyes and his father twirled him around.

Mrs. García joined in the celebration and all three of them danced around in the parking lot.

En unos cuantos días Chuy y su mamá se hallaron en una ciudad nueva. Al autobús le tomó mucho tiempo llegar allí desde el viejo hogar de los García en México.

Cuando se abrió la puerta del autobús, allí estaba el papá de Chuy. Chuy brincó a sus brazos fuertes. Chuy cerró los ojos y su papá le dio vueltas.

La Señora García se unió a la celebración y los tres se pusieron a bailar de gusto en el estacionamiento.

The next morning, Chuy noticed the broom that his father had brought from Mexico. It was leaning in one corner of the kitchen, and it looked fresh. It certainly had not been busy sweeping up dollars.

"I haven't been able to find a good-paying, steady job," Mr. García told his son. "I just need a chance."

As Mr. García swallowed the last spoonful of his breakfast, he announced that he was leaving to go look for work.

"Dad, can I go with you?" Chuy asked.

"I'll be walking a long time, son. It's going to be hot today. Maybe some other time would be better."

"Maybe I will bring you good luck."

"You just don't take *no* for an answer, do you?" his father said crossly. But then a grin suddenly appeared on his face. "No, you don't! Maybe your good luck is what I need—and remembering not to take no for an answer."

El siguiente día por la mañana, Chuy vio la escoba que su papá había comprado en México. Estaba recargada en una esquina de la cocina y se veía nueva. Seguramente no se había ocupado en barrer dólares.

—No he podido encontrar un trabajo fijo con un buen sueldo —el Señor García le dijo a su hijo. —Solamente necesito una oportunidad.

Mientras el Señor García daba la última cucharada de su desayuno anunció que ya se iba a buscar trabajo.

—Papá, ¿puedo ir con usted? —preguntó Chuy.

—Voy a caminar mucho, hijo. Hoy va a estar muy caliente. Quizás sería mejor otro día.

—A lo mejor le traigo buena suerte.

—Tú no aceptas un *no* por respuesta, ¿eh? —contestó Papá molesto. Pero de repente apareció una sonrisa en su rostro. —No, nunca aceptas un no como respuesta. Quizás eso y tu buena suerte son lo que necesito.

Mr. García and Chuy walked down Main Street. There were many muffler shops on this one street, but none of them were hiring. Suddenly, Chuy noticed something: Not one of the shops had a friendly muffler man standing outside, greeting the people who passed by.

"Why don't you make a muffler man, Dad, like the one you built for Don César's shop?" he asked.

"That Don César can't keep a secret, can he? That was in a little town in Mexico, Chuy. This is a big American city. The people who live here don't care about things like that."

"But, Dad, I saw the faces of people when they passed Don César's shop—especially the tourists. Anyone would enjoy seeing a muffler man!"

Mr. García thought for a moment. "Well, let's see if you're right," he said at last.

The two circled back to all the shops they had visited earlier. Some of the owners laughed at Mr. García's suggestion. Others looked irritated that he had come back again. Still others simply said, *No, thank you.*

El Señor García y Chuy caminaron por la calle Main. En esta calle había muchos talleres de mofles pero en ninguno ofrecían trabajo. De repente, Chuy descubrió algo: ninguno de los talleres tenía un amable hombre mofle saludando a la gente que pasaba por allí.

—¿Papá, por qué no hace un hombre mofle como el que hizo para el taller de Don César? —le preguntó Chuy.

—Ese Don César no sabe guardar un secreto ¿eh? Ése era un pueblo pequeño en México, Chuy. Ésta es una gran ciudad americana. A la gente que vive aquí no le interesan cosas como ésas.

—Pero, Papá, yo vi la cara de la gente que pasaba por el taller de Don César, especialmente los turistas. ¡A cualquier persona le gustaría ver a un hombre mofle!

El Señor García pensó por un momento. —Bien, vamos a ver si lo que dices es cierto —respondió al fin.

Regresaron a los talleres que habían visitado. Algunos de los dueños de los talleres se burlaron de la idea. Otros se veían molestos al ver que el Señor García había regresado. Otros simplemente dijeron —No, gracias.

At last dusk began to move in, like a blanket ready to tuck in the city for a good night's rest. Mr. García was growing very tired. But Chuy led his father into one last muffler shop.

"All right, show me your stuff," said the owner. He was curious to see what a muffler man looked like. "But don't take too long—it's been a hard day."

Mr. García and his son each scurried off in a different direction. Chuy's eyes searched across the oil-stained pavement hoping to find the jewels of his father's art. Suddenly, his eyes detected something shiny, and Chuy bent down and picked up a stray screw. He placed it inside a sack his mother had used to pack their lunches. Together the father and son looked for bits and pieces for the muffler man's eyes, ears, nose, and other parts. After a few minutes, the lunch bag held several treasures.

Al fin empezó a caer la noche como una cobija lista para arropar a la ciudad para una noche de buen descanso. El Señor García ya se sentía muy cansado. Pero Chuy lo guió a un taller más.

—Bueno, enséñeme lo que puede hacer —dijo el dueño. Tenía curiosidad por ver cómo lucía el hombre mofle. —Pero no se tome mucho tiempo, ha sido un día muy pesado.

El Señor García y su hijo se movieron en direcciones diferentes. Los ojos de Chuy recorrían el pavimento manchado de aceite con la esperanza de encontrar las joyas para la obra de arte de su papá. De repente sus ojos detectaron un brillo, se agachó y levantó un tornillo. Lo puso en la bolsa en la que su mamá les había empacado el almuerzo. Juntos, Papá e hijo buscaron trocitos y pedazos de fierro para los ojos, las orejas, la nariz y otras partes del hombre mofle. Después de unos cuantos minutos, la bolsa contenía varios tesoros.

Sparks flew as Mr. García welded these gems onto an old Chevy muffler. Chuy watched with fascination as his father's hands found just the right spot for each piece, and just the right piece for each spot. At last a muffler man stood between Chuy and his father. And the owner of the shop smiled at all three of them.

"Tomorrow, I will paint him," said Mr. García. "He will welcome everyone who passes by."

The owner of the shop placed several bills in Mr. García's hands. "You're a true artist!" he said. "An excellent job, Mister Muffler Man."

"Thank you," said Mr. García.

Las chispas saltaban mientras el Señor García soldaba las joyas en un mofle viejo de un carro Chevy. Chuy observaba con fascinación mientras su papá encontraba el lugar preciso donde poner cada parte y determinaba exactamente cuál pieza quedaba perfectamente en cierto espacio. Por fin, el hombre mofle tomó su forma completa entre Chuy y su papá. El dueño del taller le sonrió a los tres.

—Mañana lo pinto —dijo el Señor García. —Él les dará la bienvenida a todos los que pasen por aquí.

El dueño del taller puso varios billetes en las manos del Señor García. Ud. es un verdadero artista. Es un trabajo excelente, Señor Hombre Mofle —le dijo.

—Gracias —dijo el Señor García.

Summer came and went, and in those few months an army of muffler men sprang up around the city, greeting everyone who traveled down many of the streets and avenues.

By the time Chuy went back to his classes that fall, he was happy to see a muffler man standing outside of a store on the way to his new school. Chuy knew that for many years he would enjoy the smiles of all those who passed by and pointed with delight at the creations of his father, Mr. García, the Muffler Man.

El verano llegó y se fue. En esos pocos meses, un ejército de hombres mofle surgieron en la ciudad saludando a todos los que pasaban por muchas de sus calles y avenidas.

Para cuando Chuy regresó a clases ese otoño, estaba feliz de ver a un hombre mofle parado afuera de una tienda camino a su nueva escuela. Chuy sabía que por muchos años él iba a disfrutar de las sonrisas de todos lo que pasaban y señalaban con deleite las creaciones de su papá, el Señor García, el Hombre Mofle.

Tito Campos is an educator and administrator in the Los Angeles Unified School District. He is also an instructor in the Charter College of Education at California State University, Los Angeles. He is a great enthusiast of children's literature who is excited now to have a book of his own. Campos lives in Los Angeles, California, where he inspires other teachers to write.

Tito Campos es profesor y administrador en el Distrito Escolar Unificado de Los Ángeles. También es profesor en el Charter College of Education en la Universidad de California en Los Ángeles. A él le entusiasma mucho la literatura para niños y ahora le emociona el tener su propio libro. Campos vive en Los Ángeles, California, donde inspira a otros profesores para que escriban.

Lamberto Alvarez and Beto Alvarez, father and son, teamed up to create the artwork for *Muffler Man / El hombre mofle*. They are both part of the illustration staff for *The Dallas Morning News*, in Dallas, Texas, Lamberto as Director of Illustration and Beto as News Illustrator. Beto has collaborated in many other illustrative projects in the family business, Solare Design Group, Inc., an art, photography, and design firm based in Fort Worth, Texas. Lamberto lives in Fort Worth with his wife Beth, and daughter, Veronica, while Beto resides in Dallas.

Lamberto Alvarez and Beto Alvarez, padre e hijo, se unieron para crear el arte para el libro *Muffler Man / El hombre mofle*. Ambos forman parte del equipo de ilustración de *The Dallas Morning News*, en Dallas, Texas, Lamberto como Director de Ilustración y Beto como Ilustrador de Noticias. Beto ha colaborado en muchos proyectos de ilustración en el negocio familiar, Solare Design Group Inc., una firma de diseño, de arte y de fotografía en Fort Worth, Texas. Lamberto vive con su esposa, Beth y su hija Verónica en Forth Worth, mientras que Beto reside en Dallas.